KB067650

살아 보니 그런 대로 괜찮다

구술 김상순 · 홍정욱 옮겨 씀 | 그림 이우만

살아 보니
그런 대로
괜찮다

" 내가 살면서 배운 기는 이것뿐이다.
어디 가서 말하지 마라. 숭본다. "

이후

사랑하는 아버지 (고) 홍상규 님과
어머니 김상순 님께 바칩니다.

어머니의 말씀을 묶으며

아버지가 돌아가신 뒤 어머니는 먼 곳을 보는 시간이 많아졌습니다. 지금도 빈 논을 하염없이 바라봅니다. 나는 다가가지 못하고 뒤에서 어머니를 바라봅니다. 허리가 굽어서 열 시 반을 가리키는 시계바늘 같습니다. 이윽고 어머니는 평상에 동그라미를 그린 햇살 안에 누웠습니다. 어머니의 허리는 누워서도 괄호의 한쪽 모양입니다.

어머니는 몸피들이 조그만해졌습니다. 평생 쉬지 않고 부렸던 육신은 이제, 앉고 눕고 걷는 것도 버거워 보입니다. 그러나 자분자분 이야기를 꺼내는 시간은 늘었습니다. 아직도 놓지 못한 농사일 때문에 앓는 소리와, 마음대로 움직이지 못해서 생기는 짜증이 없지 않지만, 저녁 밥상을 물리고 시부저기 지난 이야기 꺼낼 때는 아이처럼 웃기도 합니다.

어느 날부터인가 어머니의 이야기는 가라앉은 샘물 같습

니다. 몇 해 전 작은 누이를 먼저 보내며 밤낮을 눈물로 보내신 뒤, 시나브로 고요해졌습니다. 어머니의 이야기를 듣고 있으면, 문득 끝없이 너른 들판을 건너온 사람의 말인 듯하다가, 또 어떤 날에는 높은 산에서 아래를 멀겋게 내려다보며 던지는 말 같습니다. 감히 말하자면 삶의 껍질 하나를 벗어 버린 듯합니다.

어머니는 종종, "내가 글을 알아서 살아온 이야기를 쓴다면, 아무리 빽빽하게 쓰고, 매매 짜매도 베개 몇 개 쌓은 높이는 될 끼다."라고 하십니다. 정말 어머니의 이야기는 한여름의 바깥마당처럼 풍성합니다. 수십 년 전의 사람들이 뚝뚝 걸어 나오기도 하고, 풀꽃의 아슴한 향기가 올올이 풍기기도 합니다.

"너그 할배 쌩이*가 까치골짝 앞에 가자 솔내가 훅 지나가더이 소복 입은 까시나무가 곡을 하며 앞을 막아서는 기라. 나무라 캐도 평생 가새**를 지킨 고인을 우찌 그냥 보낼 수 있겠노?"

얼마 전, 조부 제사를 모신 뒤 들은 말입니다. 글로 옮기니 냄새나 소리가 사라져서 식은 숭늉처럼 싱겁습니다.

어떤 글로 아까시나무 아래에 엎드린 어머니의 마음을 이 말처럼 표현할 수 있겠습니까? 아니, 생짜배기로 몸에 익힌 세상 이치를 어찌 가늠이나 하겠습니까? 당신의 몸속에 통째로 녹아든 삶의 골짝 골짝을 어찌 더듬어 보기나 하겠습니까?

그래도 종종 떠올리는 어머니 말씀을 이렇게 묶습니다. 누구는 어쭙잖은 노인의 세상보기라 할 것이고, 또 누구는 별 뜻도 없는 그저 소소한 웃음거리라 할 것입니다. 아무래도 좋습니다.

살아 보니 그런 대로 괜찮다

문득 사는 일이 쓸쓸해져서 혼자 방문을 닫을 때나, 활활 타는 땡양지가 입천장이 얼큰한 서러움으로 달려들 때, 이유도 모르는 그런 날이 내게도 더러 있습니다. 그런 날 슬쩍 펼쳐 보겠습니다. 어쩌겠습니까? 평생 이유 없이 받아 주는 당신께 기댈 수밖에요.

2019년 8월

홍정욱

꽹이* : 상여
가새** : 문중에서 필요한 목재를 얻기 위해 가꾸는 숲

차례

여는 글

살아 보니 그런 대로 괜찮다

닫는 글

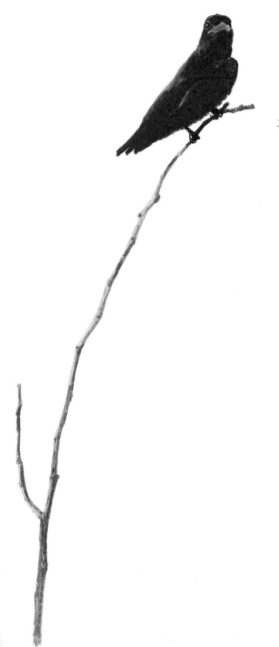

1부

땅이 질다고
참깨가 참겠나

세수

뜨신 물은 잘 나와요? 전기세 아깝다 생각 말고 보일러 틀어요.

그라고 있다. 그걸 아껴서 뭐 하겠노.

말만 그러지 말고 추우면 꼭 트시요.

그란다. 근데 나이가 든께 씻기도 싫다.

글쵸, 그럼 매일 씻지 말고 사나흘에 한 번만 씻으시오.

그래도 사람이 그라몬 되는가.

볼 사람도 없는데 뭐 어때요.

남 보라고 씻는가? 머리 감으면 모자는 털어서 쓰고 싶고,

목욕하면 헌 옷 입기 싫은 기 사람 마음이다. 그기 얼마나 가 겠노만은 날마다 새 날로 살라꼬 아침마다 낯도 씻고 그런 거 아이가. 안 그러면 내 눈에는 보이지도 않는 낯을 왜 만날 씻겠노?

무말랭이

똑 눈 온 거 겉제?
달밤에 살짝 나와서 보면
누가 디라서* 뿌려 놓은 눈이라.
달밤에는 냄새도 희미해져서
누가 봐도 소복소복 눈이라.

허, 엄마가 시를 읊소.

시가 뭐꼬?

엄마가 방금 읊은, 그런 게 시요.

내사 그런 건 모르고.
소복소복 눈이 쌓이모
너그가 강생이매로** 구불다가
낮이 빨개가 방에 들오면
눈에 묻어 온 산 냄새가

온 방에 퍼지더라.

엄마 진짜 잘한다.

그러면 이 시 좀 갖고 가라이.
짐치매로*** 치대서 삭혀서 묵든지
더 말려서 물 끓일 때 넣어 무라.

디라서* : 바람에 날려 알곡을 가려서
강생이매로** : 강아지처럼
짐치매로*** : 김치처럼

호스

날이 찬데 어서 들어가지, 호스에 이불은 왜 덮는교?

이 이불이 저번에 죽은 개가 겨울을 나던 거라 더럽혀도 괜얀타.*

이불 더럽히는 기 문제가 아이라 와 호스를 덮냐꼬요?

이 호스가 마늘밭에 물 주는 긴데, 올 가실은 우찌 이리 가물꼬?

허 참. 딴소리를 자꾸 하시오? 와 호스를 덮냐니까?

덮는 김에 모팅이를 오다서** 야무치게 덮어라.

호스가 춥다 하던교? 쓸데없는 데다 용을 쓰고 그라요. 그러니 매일 아프단 소리지요!

오늘 아침엔 얼었더라니까.

거참! 사람이 춥지, 호스가 춥소?

와 안 추버. 아침엔 빳빳한데.

그기 얼어서 글치, 추워서 글소?

추웠으니 얼었제.

허 참. 호스가 왜 추워요?

와 안 추버. 말을 못 해서 글체.

그람, 방에 끌고 들어갈까요?

뭐든지 지 있던 자리가 편하다.

허 참. 어픈 드가소, *** 깜깜하요.

어서 들어가자, 자빠질라.

살아 보니 그런 대로 괜찮다

허 참.

~~~~~~~~~~~~

괘얀타* : 괜찮다
모팅이를 오다서** : 모퉁이를 잘 여며서
어픈 드가소*** : 빨리 들어가요

났으니까 살지

올해는 상추가 싹이 잘 안 나요.

어지간히 뜨거워야지.

하나씩 난 거는 잘 사는데…….

난 거는 할 수 없이 사는 기고.

할 수 없이 살아요?

글치 뭐. 난 기 좋아서 사는 기 몇이나 있겠노?

그래도 그 말이 좀 그렇소.

와? 나고 싶은 부모를 골라서 나라고 하면 시상에 부모는
한 놈도 없을 끼다.

허 참.

너그 아도 니 보고 난 거 아니니까 아아한테 잘 해라.

허 참.

저녁에 내리오이라. 참깨 찌야겠더라.*

땅이 안 지요? 생강 심을 때 좀 질던데.

땅이 질다고 참깨가 참겠나.

알았소.

~~~~~~~~~~~~~~~~~~~~~~~~~~

찌야겠더라* : 베야겠더라

제 길

요새 아아들은 똑똑하고 말도 잘 듣제?

흐흐. 아아들이야 언제나 그렇지요 뭐.

니는 아아들이 말 안 들어도 넘 아아들을 니 맘대로 할라
고 하지 마라이.

내 맘대로 안 하요. 그게 내 맘대로 되는 일도 아니고요.

내 말 함 들어봐라. 나도 들은 이야기다만.

무슨 이야기를 하실라꼬?

예전에 책만 펴면 조불고* 깨면 항칠**하는 아아가 있더란
다. 선생이 불러내서 궁디를 때리고 벌을 안 세웠겠나. 그 아
아가 눈물을 뚝뚝 흘리는데, 자세히 보니 손꾸락으로 눈물을
찍어서 그림을 그리더란다. 산도 그리고, 새도 그리고.

요새도 그런 아아들이 있소. 벌 세우기도 겁나요.

그래서 선생이 썽이 나서 멀캤단다. 에라이 망할 넘아, 니는 그림이나 그리서 묵고 살아라! 그카니, 세상에! 그 아아가 울음을 뚝 그치고 헤죽 웃음서, 예! 카더란다.

흐흐. 그래서 그 아아는 우찌 됐는고요?

그건 내사 모르지. 모르긴 해도 글로 벌어먹고 살았겠나? 꿩 새끼 제 길 간다고, 제 길이 다 있는 긴데.

그게 뭔 말이오?

모르는 것도 많다. 꿩 새끼를 데려다 닭장에서 키워 봐라. 틈만 나면 산으로 내빼지. 그게 닭장에서 살겠나? 죽지. 본디부터 다른 넘인데.

조불고* : 졸고
항칠** : 낙서

해 보면 알지

엄마는 대강 하는 것 같은데 모종이 잘 서 있네. 나는 용을 써 심어도 실실 자빠지는데. 이런 걸 어찌 다 배웠소.

배우긴 뭘 배워. 해 보면 딱 알지.

나도 따라 하는데 왜 잘 안 되는지 모르겠네.

걱정하지 마라. 자빠지면 머디리면* 된다. 너그는 보기만 하고 자주 안 하니 에럽지. 보기만 하고 안 하면 누구라도 어중개비**다. 뭐든지 자주 하면 는다. 첨부터 잘 하는 사람은 없다. 눈은 겁내지 마라. 손발이 있다! 안 카더나.

참 나, 답답하네.

니는 일해서 묵고 사는 사람이 아니니까 땅이 그걸 알고 부러 까탈을 부리는 기다.

그런 말은 또 어디서 배웠소?

배우긴 어디서 배워? 날마다 뭘 해 봐라. 일머리가 보이고 길이 보이지. 손이 일을 하면 머리는 또 지대로 일을 찾는다 아이가. 그기 일머리라.

~~~~~~~~~~

머디리면* : 다시 심으면
어중개비** : 제대로 하지 못하고 어중간한 사람

밭이랑

뭐 하러 밭이랑을 그리 다독거리는교?

다독거려야 예쁘지!

밭이랑이 예뻐서 뭐하요?

와? 여기서 곡식이 자란다고 생각해 봐라. 애쓴 데라야 자주 눈이 가고, 눈이 가야 손도 가제. 보는 마음도 다듬받아지고.

별시럽기는, 돈도 안 되는 걸 가지고.

키울 때 돈으로 보는 사람이 있는가? 키울 때는 키우는 재미로 키우지.

국에 뭘 넣는교?

뭘 넣긴. 봄에 꼬사리 꺾어다가 쌂아서 말린 거, 고구매 쭐
구리 말린 거, 감나무 밑에 절로 난 배추 쌂아 말린 거, 무 시
래기, 그라고 풋고추, 마늘 넣고, 짱어 걸러서 넣고 글체.

국이 들큰한 기 찐하요.

양껏 들어라. 니 온다 캐서 많이 끓있다.

두 그륵은 묵겄소.

안 아깝다.

인자 이런 거 끓이지 마소. 사 먹으면 돼요. 일도 힘든데.

안 힘든 일이 있으모 갖고 와 봐라.

허 참!

다 그리 산다. 니는 사는 기 수월하나?

살아 보니 그런 대로 괜찮다

뭔 일이 있는교? 안색이 안 좋네.

갑장계가 있는데, 설 쇠고 이구 십팔, 열여덟이 남았다 카더이 그새 둘을 묻고 이팔 십육, 열여섯 남았다. 두어 달에 하나씩 간다. 순서가 없지만 내 차례는 언제꼬? 돌아갈 데도 피해갈 데도 없은께 기다릴 밖에.

또 그 소리다. 차암 나.

아이구야, 죽으면 무슨 소리가 들리까? 개구리 소리가 왁자하니까 소쩍새가 또박또박 박자를 짚네.

죽는 이야기는 좀 고만 하소.

안 죽는 사람이 있는가? 그나저나 개구리 소리 들리는 요때는 방에서도 물 잡은 논* 냄새가 난다. 방에 누우면 천정이 논처럼 보이는지라.

엄마는 아직 까딱없다.

그기 순서가 있는 기 아이다. 저 깨구리가 장** 우는지 아
나. 저리 씨끄러바도 하룻밤 새 없어진다.

물 잡는 논* : 쟁기질해서 물을 가둔 논
장** : 항시

언 년이 아아를 찾아 삼 년을 헤매고 보니 등에 업혀서 말라 죽어 있더라 카더이 내가 그 모냥이라.

뭔 일이 있었는교?

압시끼,* 콩인가 뭔가 고라이가 다 따 묵고 쭉띠기만 남은 그걸 꺾어다 넌다고 뛰어 댕겼더이, 온 뼈마디가 똑똑 뿔라지는 거매로 아파서 집에 들었는데 안경을 어디 뒀는지 모르겠는 기라.

흐흐. 알 만하요.

장농을 다 열고, 찬장을 다 디비고, 냉장고고 오데고 오만 데를 찾아 한 시간은 헤맸을 끼라. 내가 와 이래 됐노 싶은 기 기가 차더라.

흐흐. 나도 한 번씩 그렇소. 전화기 대신 리모컨을 주머니에 넣고 학교 간 적도 있소.

니가 벌씨로 그라모 되는가. 그카다가 땀이 나서 닦는다꼬 닦으니까 콧등더리**에 안경이 딱 걸려 있는 기라. 참말로 기가 차서. 맹맹하이 앉아 있으니 얼척***이 없더라. 안경을 쓰고 찾는다고 그리 난리를 피웠으니 누가 봤으모 뭐라캤겠노? 노망이 날랑가 걱정이다. 세월이 가서 나이가 드니 사는 기 씰씰하다.

그런데 엄마, 언 년이 찾았다는 그 아아는 업고 다니는 아아가 아니고 자기를 말하는 거 아니오? 자기 자신.

뭐? 업고 댕길 때는 아아나 에미나 한 몸이지 따로 생각할 에미가 어딨노?

그래도 그게 아니고, 사람이 자기 자신을 똑바로 찾아야 한다는…….

니는 똑 시님 같은 소리를 하노?

맞소! 스님들이 말하는 그것이 맞소.

살아 보니 그런 대로 괜찮다

시님들이사 뭐라 카든 말든 업힌 아아나 업은 에미는 한 몸이다.

그건 글치만 뜻이 쪼매 다를 게요.

내사 모르겠다. 니가 글타 싶으면 니는 글타 쳐라.**** 뭐 시님도 낳은 사람이 있겠제, 설마 돌부처가 낳았겠나?

~~~~~~~~~~~~~~

압시키* : 며칠 전에
콧등더리 : 콧등**
얼척* : 어처구니**
니가 글타 싶으면 니는 글타 쳐라** : 네 생각이 그렇다고 생각되면 너는 그 리 생각해라**

맘대로 안 돼

이제 농사를 완전히 그만둡시다. 몸만 탈이 나는데 와 자꾸 욕심을 내는교?

욕심이라 해도 할 말이 없고 니 말이 맞는데, 그래도 그기 맘대로 안 된다.

안 되기는 뭐가 안 돼요. 딱 맘을 접으면 될 꺼 아니요.

니는 밭에 지심*만 항거** 있으모 맘이 편컸나?

에헤이 참, 인자는 딱 맘을 접으소. 평생 한 일이 지겹지도 않소?

지겨운 게 있는가? 같은 판에서 두는 장기도 같은 장기가 없고, 같은 밭에 같은 걸 심어도 같은 농사는 없는 기다.

허 참 나.

농사지어서 얻는 것보다 병원비가 더 들어서 지금 그만
두는 게 마침맞는데, 그기 맘대로 안 된다. 밭에 난 지심을
보면 너그가 아픈 것 같은데 우짜노? 자다가도 생각이 나고.

아이고, 내 참.

니가 못 본 걸로 하모 안 되겠나?

눈에 보이는데 우째 안 본 걸로 하요? 남들이 자식들 욕
하요. 늙은 부모 일 시킨다고. 진짜로 고마 하소.

나도 밭이 말갛게 보이는데 우째 안 보노?

허 참 나, 돌겠네.

~~~~~~~~~~

지심* : 풀
항거** : 많이

짜장면

땡볕에 안 말랐능교?

내사 개매로* 그늘에 엎드려 있는데 마르긴 와 말라.

엥간히** 더버야지요.

글게. 참말로 무룩한다.*** 니는 또 강에 가서 며칠 걸었담
서?

닷새 걷고 어제 왔소.

낯 보니 알겠다. 삶은 가재 같네.

덥다 해도 볕에 나서면 걸을 만하요.

글치 뭐. 땡볕에 선 나무도 사는데.

짜장면이나 먹으러 갑시다.

짜장면? 외맷국 타서 먹을랬는데.

나갑시다. 들 구경도 하고.

그라까?

****

남기지 말고 잡쇼.

덥다고 덥다고 캐도 쪼매마 참으모 가실이 오니라. 그때
는 이 지긋지긋한 볕도 아쉬울 때가 있을 끼다. 며칠 지나면
입추고 또 며칠 지나면 처서다.

시절은 잘 간다. 짜장면 짤라 드리까?

놔놔라. 빨아묵는 재미가 있다. 시절 가는 걸, 도시 사는
니가 알겄나?

허 참.

처서 지나면 솔나무 밑이 훤하다 안 카더나. 그래서 처서 전에 오는 비는 약비고, 처섯비는 사방 십 리에 천 석을 까먹 는다 안 카나. 나락이 피기 전에 비가 쫌 와얄 낀데.

그러게요.

이전부터 늪 가 사람들은 처서만 되면 밀부터 심어야지 한다 안 카나.

밀을? 너무 빠른데. 밀은 물서리가 온 뒤 심어도 되는데.

글치. 그래도 뻘구덩이 사람들은 그란다 카더라. 때꺼리에 디서 그럴 끼다.****

걱정을 만들어서 하네.

걱정도 양식인데 걱정 없이 사람이 살 수 있나?

엄마는 뭐 걱정이 있소?

살아 보니 그런 대로 괜찮다

내가 뭔 걱정이 있노?

그라모 우찌 사요?

짜장면이 많다. 좀 덜어 가라. 아부지는 잘 계시더나? 한 번씩 바람에 방문이 열리모 너그 아부지가 비척비척 걸어 나오는 것 같애.

아부지는 잘 계십디다.

저번에 그 토마토는 다 잡샀더나?

예.

어픈 가자.***** 닭이 목마를 끼다.

~~~~~~~~~

개매로* : 개처럼
엥간히** : 어지간히
무룩힌다*** : 비가 오지 않고 무덥다
때끼리에 디서 그럴 끼다**** : 끼니 걱정에 질려서 그럴 것이다
어픈 가자***** : 얼른 가자

살아 보니 그런 대로 괜찮다

싱거운 이야기

씩씩거림서 오데 가는 중이고?

비가 올라 해서 밭에 갔다가 내려가요.

비가 오면 높은 데로 올라가야지, 떠내려 갈라꼬 내리가 나?

<u>흐흐</u>. 듣고 보니 그렇네요.

내가 쫌 싱겁나? 진짜로 싱겁은 이약 하나 하까?

엄마가요? 그런 이약도 할 줄 아는교?

내가 와? 허리도 펼 끼미. 콩밭 매는 기 허릴 끊는 일이다. 들어봐라.

압시끼, 옆집 마당에 꼬치를 널어논 기라. 그래서 내가 와따! 이집 꼬치가 굵네! 이캤다꼬. 그라니까 마누라가 "그랑께 내가 안 사요", 이카는 기라. 그카이 옆에 있던, 아 아부지가 얼굴이 벌개지는 기라. 지도 꼬치 달린 남자라꼬. 우리가 이카고 산다. 그나저나 비가 많이 오겠나?

그걸 내가 어찌 알겠습니꺼?

선생이 배운 게 짧네. 하루 일기도 못 봐서, 그래가 크는 아아들 똑띠 갈치겠나.*

~~~~~

똑띠 갈치겠나* : 똑똑하게 가르치겠나

살아 보니 그런 대로 괜찮다

먹방

혼자 밥은 잘 자시는교?

와 혼자라? 테레비에 꽉 찼다.

아! 먹방하는 거 보는교?

몰라, 먹방인가 죽방인가 모르지만, 억수루 먹는 넘들이
나온다.

혼자 밥상 들 때 동무는 되겠소.

아따! 그넘들 참말로 오지기 묵더라. 네 넘이 모여 앉아서
뭐라 씨부리삼서로* 묵는데, 보면 절로 입이 땡기. 배때지가
불룩한 것들이. 아, 여자도 하나 있어. 그 여자가 사장니임!
하면 또 갓다 주거든. 울매나 잘 묵는지 니도 함 봐라. 밥 그
륵 만하게 숟가락을 떠서 뚜깨비가 포리 묵듯이 눈만 껌뻑
하모 삼키. 저리 먹고 밤새 살아남을까 싶더라. 볼 때마다 그

리 묵는데 밥값은 누가 내는가 몰라.

갸들은 먹는 기 일이니까 그기 돈 버는 일이요.

그래? 그라모 그기 일 중에는 제일이다. 노래하고 춤 치고 돈 버는 것보담 먹고 돈 버는 기 웃길이다.

나도 그런 거나 하까?

누가 하라 카더나?

<u>흐흐.</u>

근데, 만 오천 원만 주면, 스무 남은 아아들이 굶잖는다 카던데, 우리나라 사람은 아이더라만서도, 쪼매 맘이 글터라.

허 참. 엄마가 쫌 도와주소.

전해 줄 줄 알면 그거는 나도 주겠다. 내리 삼 년 숭년**에도 언 넘은 배가 터지가 죽는다더마는. 그 돈이 없어서 때꺼릴*** 못 해 눈이 뻐끔한 거 보니 마음이 짠하더라. 그런 거 보면 시상은 한 개도 변한 기 없는 기라.

씨부리삼서로* : 이야기를 주고받으며
내리 삼 년 숭년** : 연이은 삼 년 흉년
때꺼릴*** : 끼니를

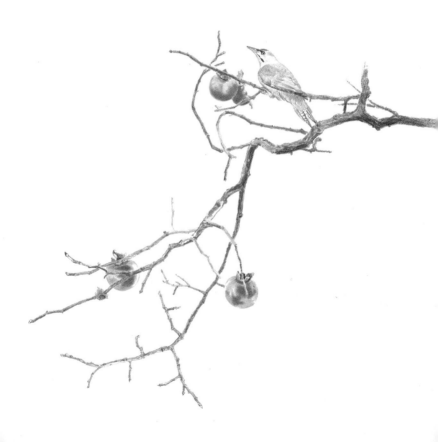

농사

이거 나물 무치거나 쌈 싸 잡수시오.

살다 살다 별꼴을 다 본다. 남새를 도시서 농사 지어가 촌으로 갖고 오네. 비리* 나 노락쟁이** 안 붙더나?

손으로 잡아 감서 키웠지요.

니는 절벽에 달아 봐도 굶어죽지는 않겠다.

흐흐.

그나저나 인자 참말로 시상이 디비졌는갑다. 들에 빈 논이고 밭이 꽉 찼는데, 거기는 다 까시남긔***가 내리와가 산이 되고, 노락질로 짓는 농사만 남는갑다. 묵고 사는 기 다 장난질이 돼 간다.

언제는 도시서 만든 거 안 묵고 살았는교? 나중에는 기

계가 만든 거만 묵고 살걸요.

그리 먹은 사람은 죽어도 썩지도 않겠제?
참 희한한 세상이 됐다.

근데 언 것을 뽑았는데 먹을 수 있겠지요?

엥간히 춥어서 땅속까지는 안 언다. 얼어도 절로 녹은 거
는 까딱없다. 못 먹는 거는 닭 주지 뭐.

참, 닭은 괜찮은교? 다 잡아다가 묻는다 하든데.

누가 묻어! 내가 키우는 걸 누가 묻어. 그것들이 씨끄러바
도 알은 잘 낳는다. 매상도 안 받아 주니까 쌀곡을 달구새끼
가 다 먹는다. 달구새끼가 내보다 꿉은 더 먹는다.

알은 자꾸 넘 주지 말고 잡수소.

내가 자꾸 먹어서 뭐하겠노? 갈 때 갖고 가라. 아, 그냥 닭
을 몇 마리 잡아가서 아아들 멕이라.

놔 뚜고 동무하소.

허기사 저무나 저물도록 말이라고 붙이는 거는 달구새끼 뿐이다.

갈라요.

가거라. 참지름은 있나?

있소. 아끼지 말고 잡소.

인자 지름 짜 주는 것도 올해가 마지막이지 시푸다.

또 그 소리다.

어서 가라. 차 맥힌다.

～～～～～

비리* : 진딧물
노락쟁이** : 노린재
까시남기*** : 찔레나 아까시나무 등 가시가 있는 나무

도둑놈

엄마, 법동 아지매 왔소.

니가 방으로 모시고 드가라.

아이 보소. 우는 아아들 뽈따구서 보리밥풀을 떼 묵든지,
문디 콧구녕서 마늘을 빼 묵지. 그기 더러우먼 시리빈*을 뜯
어 묵지, 그 집구석을 털어 묵다이.

뭔 소린교? 누가 뭘 털어 묵어?

아이, 어떤, 눈구녕이 깨졌다가 잘못 붙은 화상이 ○○이
집을 털었다네. ○○에미가 식당에 돈 벌러 가고 빈집일 때.

이리 앉아서 이약하이쇼.

말이 나올 때는 말리지 마라. 그새 다 까무삔다. 통시**
앉아서도 내가 큰 것 보러 왔나, 작은 것 보러 왔는지 그것

도 무시로 까묵는데.

훔쳐 간 게 많은가요?

지나 내나 뭘 쌓아 두고 살겠나만. 온갖 빼달이를 다 뺐더
란다. 그라고 나모 집에 정이 뚝 떨어지고 섬뜩하구마는.

빈집인 줄 어찌 알고 그라꼬요?

도선생은 돈 냄새를 맡는다 하데. 니도 선생이제?

엥? 와 날 꼬나 보요?

와? 이전부터. 배운 것들이 큰 도둑이더라.

들어와서 술이나 한잔 하이소. 친구는 자주 옵니꺼?

서울 사는 넘이 자주 올 수 있나? 수퇘지가 새끼를 낳았
다 하모 올랑가.
그나저나 너그는 촌에 할매들이 뭘 알까 싶제?

뭘요?

요새 테레비 본께네 기가 맥히더라. 와 그라꼬? 우리사
도선생이 와도 개줌치*** 든 걸 도로 내놓고 갈 살림이지만,
그것들은 지 아비 때부터 긁어모았응께 다 못 쓰고 죽을 만
치 모았을 낀데.

아따, 아지매 변호사다.

니도 저무나 저물도록 입 닫고 있어 봐라. 혼자 씨부리는

것도 하루 이틀이지. 입 안에 거무줄 치고, 쎗바닥에 쎄까리를 다 깐다.**** 매구등신*****이라 캐도 할 수 없다.

그라모 요서 실컷 쏟아삐리소.

누캉? 맞잽이가 있어야 씨불제. 혼자 뭔 맛으로?

내한테 하소.

뭐? 안 돼. 니캉은 레베루*****가 안 맞아.

~~~~~~~~~~

시리번* : 시루번, 시루 틈으로 김이 새지 않게 붙이는 떡
통시** : 화장실
개줌치** : 주머니
입 안에 거무줄 치고, 쎗바닥에 쎄까리를 다 깐다** : 입 안에 거미줄 치고 혓바닥에 이가 알을 낳는다
매구등신*** : 말만 잘 하는 사람
레베루*** : 레벨, 수준

이유

옴마가 아푸다꼬 또 왔는가베? 욕본다. 아부지 보고 옴마
보고, 니가 바뿌다. 고마 한 군데다가 묶어 놔라. 그래도 아
무 표도 안 날 끼다.

흐흐 참, 아지매는 안 아픕니꺼?

촌에 안 아푼 사람이 있능가?

무슨 일이든지 살살 하시소. 따시게 묵고 자고.

우리 걱정이사 말아라.
갈 데는 정해졌는데 데불러 안 오네.

또 그 소리. 안 아푸고 잘 살 생각을 해야지 말만 하면 죽
는다 소린교?

요새 사람들이 와 잘 안 죽는고 아나? 선생이라꼬 그거꺼

정 알겠나?

와 잘 안 죽는고요?

하늘나라 엄라대왕이 저승사자를 불러서, 요새 촌에 늙은 것들이 많응께 잡아 오라꼬 명령을 했단다.

먼첨, 머리 흰 놈부터 잡아 오라 했단다. 저승사자가 땅에 내려와서 봉께 노랗고 붉은 머리는 있는데 흰머리가 드물어. 흰머리가 있어도 쎔*은 까매. 염색을 해 가꼬.

올라가서 엄라대왕한테 일렀더니 그라모 다리를 질뚝거리는 넘부터 잡아 오라 했는 기라. 또 저승사자가 잡으러 댕깄단다. 근데 모두 인공 관절을 해서 절뚝거리는 넘이 없어. 또 늙은이들이 알라**들 타고 댕기는 유모차를 밀고 댕긴께 아아 에민 줄 알았는 기라.

또 올라가서 엄라대왕한테 그카니, 인자는 이 빠진 넘부터 잡아 오라 캐. 근데 아무리 봐도 합조기가 없어. 틀니를 다 했거든.

또 엄라대왕한테 그카니 눈먼 넘을 잡아 오라 했단다. 그란데 눈먼 넘도 없어. 다 녹내장 수술을 해 가꼬.

또 그카니 속 아픈 넘을 잡아 오라 해. 그런데 속 쓰린 넘이 없어. 속쓰림엔 겔○스를 묵어서. 인자는 엄라대왕도 두 손 다 들었다 카더라.

죽을 넘은 죽어야 살 넘이 살 낀데 땅만 비좁거로 꾸부덩한 것들이 집집마다 들앉았다 아이가. 콤피타***를 하나 사서 염라대왕한테 보내야 될랑가. 콤피타는 지가 알아서 뭐든지 한다쿠데⋯⋯.

엄마의 말동무 법동 아지매는 "하루 종일 말을 해도 한마디도 같은 말을 하지 않는" 대단한 말솜씨를 가진 분입니다. 두 분이 평상에 앉으면 나는 듣기만 해도 배가 부릅니다.

~~~~~~~~

쌤* : 수염
알라** : 어린 아기
콤피타*** : 컴퓨터

홍시 고추장

이기 뭔 줄 알겠나? 조선에서는 하나다. 찍어 먹어 보고 뭔지 알아봐라.

참 내, 별시럽거로 그카네. 뭐요?

이게 너그 꼬오쟝이다.

우리 꼬오쟝?

하모, 너그 꼬오쟝이다.

우째서 그러요?

독아지*에 넣어 난 홍시가 물캐져서** 그걸 소쿠리에 걸러 발발 끓이가 조청 대신 넣고 꼬오쟝을 맹글어 봤어. 홍시 꼬오쟝이니까 느그 꼬오쟝이지! 와? 같은 '홍' 씨라서 못 묵겄나?

독아지* : 장독
물캐져서** : 물러져서

정구지

요샌 뭘 자시고 사는교?

촌에사 먹을 게 꽉 찼제. 혼자서 해 먹을 맘이 안 나서 글체. 달롱개,* 돈냉이**는 끝났고, 요새사 정구지 베서 무치고 깻이파리 밥 우에 얹어 쪄도 맛 난다. 상추는 겉절이로 하고. 근데 하지가 지난 요새 정구지는 남자한테 별로란다.

남자한테?

하모. 본래 정구지는 남자한테 좋은 기라.

우찌 좋은가요?

내사 모르지. 박사님들이 테레비서 그카데.

그 박사들은 좋아 보입디까?

낯짝이 뺀질뺀질하더라.

박사들이 또 뭐가 좋다 하던교?

쇠물팍***은 관절에 좋고, 돼지감자는 당뇨에 좋고, 머
구****는 속병에 좋고, 미나리는 피를 칼클케 하고,***** 당
근은 눈을 밝게 하고, 민들레는 암을 막는다데. 또 도마도는
안 늙게 한단다. 비름도 오데에 좋다 카더라. 못 먹는 기 없
더라.

그라모 엄마는 아무 걱정 없겠네. 어릴 때부터 줄창 먹는
것이잖소.

우리야 먹을 끼 없어 먹었지, 약이라고 묵었나?

그러면 약인 줄 알고 먹는 그 박사들은 안 죽겠다 그지요?

그거야 내사 모르지. 죽어도 테레비서 한 말이 있으니 남
몰래 안 보이는 데서 죽겠지.

달롱개* : 달래
돈냉이** : 돈나물
쇠물팍*** : 쇠무릎
머구**** : 머위
칼클케 하고***** : 깨끗하게 하고

살아 보니 그런 대로 괜찮다

필리핀산 망고

이기 뭐꼬?

왜요?

이걸 우째 먹는 것고?

우째 묵다니? 왜 그러요?

뭐가 달면 달든가, 시면 시든가.

허 참, 우째 자시고 그러요?

뭐가 덥더버리한 기, 겅그므리한 기, 시굼시굼한 기, 닝글
닝글한 기, 니 맛 내 맛도 없는 기.

어디서 났소? 귀한 걸 갖고 왜 그러요?

귀하기는 뭐가 귀해. 저 웃집서 외국 갔다 왔다고 한 봉지 줌서, 쫄깃쫄깃하다 카더마는.

우째 자시고 그러요?

된장만 한 툭바리 베맀다.

설마 망고를 넣고 된장을 끓있소? 하이고! 오메요.

망곤가 망탠가 내가 우째 아노. 쫄깃쫄깃하다 해서 삶아 먹을랬지. 이가 시원찮으니까. 아아들 듣는 데서 그카지 마라. 남사시럽다.

그걸 어데다 말해요? 근데 진짜 웃기요.

니 갖고 가뻐라. 문디 겉은 거 꼬라지도 보기 싫다. 봉다리 까지 뺀질뺀질해 가꼬.

녹두죽

저녁 먹고 왔다니까 그라요.

그래도 들어 봐라. 녹띠죽* 끓있다.

낼 아침에 먹지요.

지금 들어 봐라. 니 줄라꼬 끓있다. 동치미도 마침맞게 익었다.

허 참.

녹띠를 물에 불라서 압력솥에 푹 쌂아가 그리 끓인 기라 먹을 만할 끼다.

배가 부른데 우째 먹소.

장골이 한창 땔 낀데, 죽 그걸 한 그륵 못 비워?

허 참. 이리 주소. 배가 터져도 먹어 보자.

뱃가죽이 문종이라도 견디겠다. 걱정 말고 한 그륵 더 들
어라.

허 참, 내가 엄마 때미 죽겠다.

~~~~~~~

녹띠죽* : 녹두죽

닭고기

오늘 올래?

예, 혼자 깨 털지 말고 기다리소.

깨는 깨고, 좀 오이라.

뭔 일이 있는교?

뭔 일이 아이고, 고마 좀 오이라.

간다니까요. 근데 뭔 일이 있는데.

와? 뭔 냄새가 나나?

좋은 냄새가 나는데.

코도 밝다. 저 웃동네 법동댁이가 닭을 한 마리 잡아다 갖다 났다.

닭을? 법동 아지매가 왜?

너그가 촌에 자주 온께, 그기 보기 좋다고 잡는 짐에 한 마리 더 잡았단다. 우리도 닭이 있다 캐도 한사코 저라네.

별시럽네. 엄마가 잡쇼!

내가 이걸 다 묵나? 니가 와서 무라. 옻 넣고 삶았다.

허 참. 우쨌거나 가긴 갈 끼요.

오서 무라. 니는 또 강 가 걷는다꼬 욕봤을 낀데.

잘 놀다 왔소.

엔간히 잘 걸었겠다. 집에 가만히 있어도 대가리가 벗겨 지던데. 어픈* 와서 옻닭이나 무라. 차는 천천히 몰고.

차를 천천히 몰고 우째 어픈 가요?

내가 차를 몰아 봐야 알제. 그거는 니가 알아서 해라.

〰〰〰〰〰

어푼* : 얼른

손

마늘쫑이 쏙쏙 안 빠지고 중간에 자꾸 끊어지네요.

힘을 막 쓰니까 그렇제.

살살 당겨도 그렇소.

살살만 당긴다꼬 되는가? 일이 되도록 해야지.

우짜란 말인지 내사 모르겠다.

살살 달개 감서* 땡기야지.

마늘을 우째 달래요.

살살 달개 봐라 와.

에이구! 그래도 중간에서 끊어지요.

그라모 니 손을 잘 봐라.

손을? 왜요?

발톱이 붙었는가 잘 봐라. 마늘쫑도 못 빼는 기, 그기 손이
가? 발이지.

~~~~~~~~~

달개 감서* : 달래 가면서

아나콩콩

저번에 갖고 간 땅콩, 그거 심을 때, 까마구가 딱 보더니, 한 주 지나고 가 보니까 아무것도 없습디다. 한 알도 남기지 않고 다 캐 먹었습디다.

그기 바로 아나콩콩이라는 기다.

아나콩콩?

하모. 옛날에 내가 뒤꿈치로 자국 내서 콩을 심는데 까마구가 뽕남기 앉아서 대가리를 까닥까딱 함서 보더라꼬. 그래서 그런갑다 했는데 심어 나가다가 돌아보면 뭔가를 물고 폴짝 날아가더라고. 나는 굼벵이를 잡아 묵는다꼬 보고, 아이구 잘 한다, 니가 영감보다 낫다, 이캤거덩.

그런데요?

그라다가 본다꼬 본께, 요것들이 내가 묻은 걸 헤비서 물

고 가는 기라. 에라이! 요것아. 돌뻥이를 던지니 맞기를 하나, 작대기를 휘두르니 대이기를 하나, 나무에 앉아 눈도 깜짝 않고 대가리만 까딱까딱 하더라.

  흐흐.

  까마구 그기 보통이 아이다. 마당에서 에미 따라 댕기는 병아리도 주워 먹는 넘이다.

  까마귀가 꾀가 많아요.

  니는 알고도 당했나? 그람 까마구한테 졌다 카고 땅콩은 사다가 묵어라. 그기 속간 편할 끼다.*

~~~~~~~~~

  그기 속간 편할 끼다* : 그리 하는 게 마음 편할 것이다

78
살아 보니 그런 대로 괜찮다

자연인

야야, 자연이 뭐꼬?

예?

와 텔레비 나오는, 나는 자연이다! 카는 거 안 있나?

아! 그거야 나보다 엄마가 잘 알지!

　머리나 쌤지 기루고* 아무 풀이나 뜯어 묵고 더덕 캐 묵고
닭 잡아 묵는 것가?

　허허, 참.

다 그라더라. 찬물에 목욕하고.

그리 해 볼랑교? 나는 재미있겠다 싶던데.

뭐가 재밌어? 그런 거 안 하고 살라꼬 떠들고 나갈 때는 언제고? 살다 살다 별 짓을 다한다 싶더라.

사람이 변할 수도 있지 뭐.

그기 변해서가 아이라. 대처에서 지 잘난 척 까불고 살 때는 몰라도 힘 빠지모 본래 살던 데로 가는 기다. 나무를 어디다가 숨기겠노? 숲에다 숨기지. 사람도 한가지다. 그리 살라고 들어갔으면 조용하나 살지.

도시서 살던 사람이 더 많아요.

도시서 살았다 캐도 처음부터 도시서 산 사람이 어딨노? 그래도 너그는 그라지 마라.

왜요?

개가 더버도 털 없이 못 살고, 배미**가 춥다꼬 옷 입고 못 사는 기다.

쌤지 기루고* : 수염 기르고
배미** : 뱀

감기

코밑이 헐었네. 기름 값 걱정 말고 따시게 계시라 해도 또 이러요.

나는 뜨시게 있다. 너그나 따시게 해라. 춥게 자면 잘 먹어도 살로 안 간다.

그러면 나는 춥게 자야겠소.

해마다 나이를 주니까 공짜라고 낼름낼름 받아 먹었더니 감기가 알아보고 달라드네. 아따, 요번에는 독하다. 요래가 딱 죽는가 싶더마는 또 살살 살아나네.

병원에는 다녀왔소?

고뿔로 병원 가면 병원에서 살아야 되게?

아프면 병원에 가야지, 왜 미련스럽게 참고 사요?

참을 만하니 참제. 병원에 갈라모 차비가 더 나오는데 우째 아플 때마다 가노? 늙으모 날마다 아픈 기다 생각하고 사는 기다.

　하이고! 내가 무슨 말을 못 하겠다.

저승길

다리가 이리 약해서 저승길 잘 가겠능교?

와? 저승길도 걸어서 가라꼬?

그러면 어찌 갑니까?

살아서 많이 걸었는데, 설마 그 길도 걸어가자 하겠나?

그래도 살살 걸어 다니며 힘을 올려 보이쇼.

마 됐다. 너그나 힘 올리라. 나는 저승사자가 걸어가자 캐도 택시 불러서 타고 갈란다.

택시 타고 저승 간다고요?

하모. 니보고 차비 달라 안 할 테니 차비 걱정은 하지 마라.

허 참! 해가 나모 살살 나가 볼 낀데.

늦가실* 들판에는 왱왱거리는 바람뿐이다. 이제 가거라.

늦가실* : 늦가을

지게

야야! 저 아재 쫌 봐라.

빈 지게를 지고 어디로 가노? 아이고!

사람이 실성을 해도 못 버리는 기 있는 기라. 저 양반이 작
년부터 정신없는 짓을 하더마는 올봄부터는 저러고 댕긴다.

아아들은 압니까?

아아들이 알면 뭐하노? 아아들은 벌어먹어야 하니 지키고
있을 수도 없고. 지게를 숨겨도 안 돼.

아이고!

참말로 저 양반, 지게를 엔간히 졌겠나? 너그 아부지나 같
이 두 발로 걸을 때부터 빈 어깨로 댕기지 못 했을 끼다. 올
해가 팔십하고도 다섯가? 허리가 굽어 벗었던 지게를, 정신
이 나가고 나니까 또 찾는 기라. 참말로 지게라면 징글징글
할 낀데 저러는 거 보모 마음이 짠한 기라.

그래도 말려야지요.

여름 새벽에 언제, 개가 짖어 산돼진가 싶어 불을 켰더니, 시상에 저 영감이 지게를 지고 산으로 드는 게 아니겠나. 누가 말리도 안 돼. 정신이 없응께 힘은 더 쎄.

저러다가 사고 나겠는데요?

글케. 산돼지나 만나모 우짜겠노? 땀을 쫄쫄 흘림서 아무거나 잡히는 대로 바지개에 얹어서 풀밭이고 어디고 아무데나 댕긴다. 동네 사람들이 말리니까 새벽에 나서는 기라. 아들이 알고 지게를 숭카 농께* 울면서 찾아서 할 수 없이 다시 줬단다. 말리도 안 되고 우짜모 좋겠노? 요새는 부쩍 작년에 마누래 묻은 산으로 가네.

하이고!

귀신도 없는 기라. 있으모 죽은 마누래가, 영감이 저러는 꼴을 보고 가만 있겠나? 고마 잡아 가지. 너그는 잘 들어라.

또 무슨 말씀을 하실라고?

내나 너그 아부지가 만약 저 양반매로 실성을 해서 호매
이나** 낫이나 들고 돌아다니면 아무 말도 말고 병원에 가둬
라이. 누가 그러고 싶어 그러겠냐만 사람 막장이 저러면 안
된다. 오만 데다가 숭한 꼴 안 보이게 하는 게 효자다. 그리
알거라.

～～～～～～

숭카 농께* : 숨겨 놓으니까
호매이나** : 호미나

길

이 길을 참 숭하게도 다녔다. 새각시 때, 논밭으로 밥 여다 나를 때부터 여기서 발바닥이 닳았다. 이 길은 내 발자국만 해도 맨질맨질할 끼다. 생각해 본께 먹고 살려고 다닌 데가 길이더라. 사람은 얼추 길 우서 사는 갑더라. 내가 얼추 여서 다 살았다.

글쵸. 여기 나뭇짐 이고 오던 엄마 모습이 생각나요.

너그 업고 논밭 헤비고 나무하러 댕길 땐 그래도 사람모냥 똑바로 서서 댕깄다. 너그 책보 메고 학교 댕길 땐 넘같이 못 해 줘서, 아이고야, 넘 몰래 길 우에다 눈물깨나 보탰다.

또 그런다. 이제 좀 편한 말씀만 하소.

사람이 한 번 나면, 아아는 두 번 되고 어른은 한 번 된다 더니, 어른은 되지도 못하고 아아만 또 됐다. 인자 너그 아아 들 타던 유모차에 손을 짚어야 걷는다.

살아 보니 그런 대로 괜찮다

그래도 조심조심 다녀요.

내사 이미 이리 살았지만 너그는 우짜든지 눈 똑바로 뜨고 단디 살펴서, 마르고 다져진 땅만 밟고 살거라이.

힘

아따! 닭장 바닥 긁어내는 거, 이것도 일이라고 땀이
나네.

힘을 쓴다고 다 되는 기 아니야. 일마다 힘 쓰는 요령이 다
다른 기다. 낫질을 세게 한다고 많이 베는 기 아니야. 잘못하
면 지 손이나 베지. 괭이질도 힘만 쓴다고 되는 기 아니야.
요래조래 흙이 힘쓰는 걸 봐 가며 거기에 맞게 힘을 써야제.

흙이 힘을 써요?

그라모? 지 살이 째지는데 가만 있는가?

허 참.

톱질이나 삽질은 더 해. 병든 사람처럼 하는 기라. 그래야
삽 우에서 흙이 안 까불고, 나무가 톱을 물지 않아서 고르게
톱밥을 뱉는 기야.

허 참.

그나저나 무신 일이든 살펴봐 감서 해야 한다. 까치가 집 짓는 나무는 베는 기 아니다.

까치는 애먹인다고 밉다 하더니만.

뭐든지 밉다가 곱다가 하제. 밉다고 다 없애면 시상에 뭐가 남겠노?

글킨 글죠!

낫이나 톱 들었다고 살아 있는 나무를 함부로 찍어 대면 나무가 앙물*하고, 괭이나 삽 들었다고 막심으로 땅을 찍으면 땅도 가만히 있지 않는 기다.

허 참.

땅 파 묵고 사는 넘은 우짜든지 땅을 모시야 되고, 괴기 잡아 묵고 사는 넘은 사람처럼 괴기를 모심서 살아야 하는 기다. 힘이 다 아니다.**

양물* : 앙갚음
힘이 다 아니다** : 힘이 세다고 다 할 수 있는 게 아니다

살아 보니 그런 대로 괜찮다

단맛

이 배 달고 시원해요.

글체. 근데 요새 사람들은 단 것만 먹고 사는 것 같애. 과자도 과실도 단맛 나는 것만 찾고. 봐봐라. 과실이 전부 달다. 포도도 달고, 감도 달고, 배도 달고.

단맛은 다 좋아하니까요.

그러게. 달그므리하거나, 새금새금하거나, 경그므리하거나, 떫뜨부리한 것들은 인자 못 묵는 것인 줄 아는 기라.

듣고 보니 그렇네요.

그기 다 어릴 때부터 사 먹는 버릇해서 글타. 누가 산에 가서 따 먹길 하나.

요새 산에도 그것들이 있을까요?

가 보래미. 사람들이 단맛 나는 것만 사서 먹으니까 인제
는 산에 있는 돌배나, 돌감이나, 돌밤이나, 깨목*이나, 망개
나, 머리**는 돈 없는 산돼지나 먹겠제?

깨목* : 개암
머리** : 산머루

백이산

백이산에 오랜만에 오지요?

함참 지났지.

외가가 저 밑에니까. 이전에는 자주 왔지요?

하모. 자주 왔제. 요새나 됐나? 하이고! 못자리에 씨나락 넣고 나면 미나리가 한 자나 큰지라. 웃이파리 죽죽 훑어 삐고 데쳐 초장에 비벼서 한 대야 이고 꽃놀이를 안 가나. 미나리는 늦으면 솔 냄새가 나서 못 묵어. 누구는 쌩며르치로 국을 끓이고, 누구는 술을 하고. 다들 가름옷*을 입고, 이고 지고 난리도 아니었더라.

그걸 해치**라 했지요?

하모. 해치라 캤지. 집집이 쌀을 한 되씩 내서 돼지고기도 쫌 사고 그랬다. 동네마다 다 그랬다. 하이고야! 쌀 한 되, 그기 없어서 못 간다 소리도 몬 하고 동장 눈을 실실 피해 댕기고 그랬다.

하이고.

그래도 형편이 좀 되는 집에서 두 되나 세 되를 내서 빠지는 집이 없도록 했니라. 농사는 온갖 손이 다 아쉬우니 서로 살필 수밖에 없니라. 그리 살았다.

동네잔치네요.

으이구. 가차운 데 가면 넘 몰래 일 하러 가는 일벌거지들이 많아서 우짜든지 멀리 갔다. 이고 지고 백이산 요기까지 왔다. 놀다가 해가 발갛게 넘어가야 놀마당을 걷었으니 요새 겉으모 누가 그라겠노?

그럴 사람이 있어야지요.

글게. 그때는 길이 반질반질했다. 겨울에는 남정네들이 나무하러 댕기고, 봄에는 여자들이 나물 캐러 댕기는 길이라 산 밑에서 봐도 길이 훤하더라.

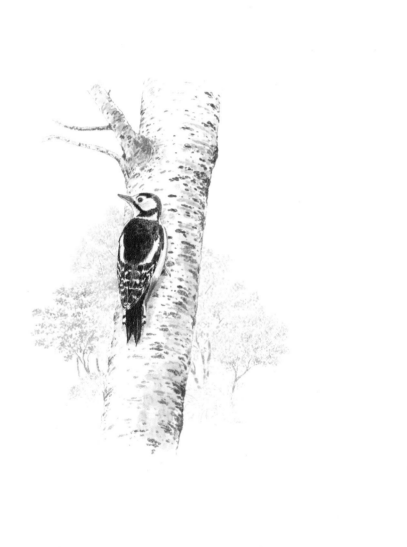

요새는 산돼지만 다닌다고 조심하라요.

하이구야! 봄은 봄이다. 저기 좀 봐라. 봄산은 통째로 큰 나무라. 저 밑에서부터 풀색물이 산나무를 타고 찬찬히 밀고 올라오는 기 보이제? 온 산이 나부댄다.***

엄마가 오늘은 그림을 그리시네. 흐흐.

또 가만 들어 봐라. 여기 절이 있어서 그런지 딱따구리새 나무 쪼는 소리가 목탁소리 아이가. 관셈보살이다. 하이구야, 니 덕에 내가 호강한다.

〰〰〰〰

가름옷* : 나들이 옷
해치** : 바쁜 일을 끝내고 마을사람들이 하루 정도 모여서 노는 일
나부대다*** : 부산하게 움직이다

요새도 아아들 학교 드갈 때 가슴에 손수건 다나?

손수건? 요새는 안 다요. 코 흘리는 아아가 어딨소.

이전에 날이 풀리면 학교 갈 아아들이 입가에 버짐을 달고 두 콧구멍에 물코를 훌쩍거림서 골목을 뛰댕기는 소리로 왁자하더니 요새는 고양이만 댕긴다.

흐흐.

그기 못 먹어서 글타며?

그렇답디다.

배고프다는 아아들을 보면 지금도 뼈가지가 아프다.

나도 코 많이 흘렸소?

니라고 별 수 있나. 더 했제. 그래도 우짜노? 시절이 밥을 주는 긴데. 아무리 배가 고파도 우짤 수가 있나. 뻐꾸기가 처음 울고 세 장날이 지나야 풋보리라도 베서 먹을 수 있는데.

그래요? 그렇게 셈을 해요?

셈은 내가 모르고. 먹을 수 있는 날을 손꼽고 있으니 글터라 이거지. 또 그때쯤이면 먼첨 핀 찔레꽃이 나풀나풀 지고 새로 또 와르르 피는데, 그때사 보리가 까시래기*를 벌리고 겨우내 안 죽고 살았나? 함서 사람을 보고 웃는다꼬.

<u>흐흐.</u>

나물죽이나 송기**로 끼니 하다 그거라도 먹으면 혓바닥이 춤을 추더라.

〜〜〜〜〜〜〜〜

까시래기* : 밀이나 보리의 수염
송기** : 소나무 속껍질

들깨 타작

왜 새벽부터 이러요?

드르깨*는 해 뜨기 전에 털어야 꼬타리**가 안 뿌사지서 일이 수월코, 참깨는 해가 나서 이슬이 말라야 꼬타리가 벌어지서 잘 털린다. 잠시도 쉬지 못하게 조물주가 그리 만들어 놨어.

하이고야.

요래 털어 놨다가 볕을 쪼아가 이파리를 뿌수고 까불고 난 뒤, 얼기미***로 치면 모래알 같은 드르깨만 남아.

큰손이 필요한 일도 있고, 또 잔손이 필요한 일도 있는 기라.

쉬는 놈이 없게?

글치! 깨를 털고 나면 머리 밑에도, 개줌치에도 깨가 짜다라**** 들어 있어. 발재죽을 옮길 때마다 탈탈 털고 움직이야 돼. 이거는 아무리 키가 큰 사람도 궁디를 끌고 댕김시로 하는 일이다. 서서 할 일, 앉아서 할 일이 다 다른 기다. 쪼맨한 알곡 이런 거는 한 번 흘리뿌모 버리는 기다.

발 디딜 데가 없소.

이리 헤비파듯이 쓸고 챙겨도 타작마당에는 날짐승이 보금다리를 치고, 그래도 며칠 지나면 잔디밭처럼 싹이 나온다. 멀리 안 튀게 야사 감서***** 해라. 벌떡벌떡 힘만 쓰지 말고. 이왕지사 하는 거.

〰〰〰〰〰

드르깨* : 들깨
꼬타리 ** : 꼬투리
얼기미*** : 체
짜다라**** : 많이
야사 감서***** : 조심스럽게 힘을 조절해서

교장

평교사로 사는 아들을 무척이나 안쓰럽게 생각하던
아버지와 주고받은 말이다.

거우 배달부 했다는 저눔이, 우째 가진 게 좀 있다고 다른
노인들을 깔봐. 내가 꼬라고 있다. 저기 내한테 한번 에댕기
모* 저눔은 신세 조진다.

흐흐, 아부지, 고만 놔 뚜소. 여 요양병원에 누운 사람들
이 누가 누굴 깔보고 부러워 하겠능교?

아이라! 저런 거는 행사머리를 고치야 된다. 지나 내나 죽
을 때가 다 된 기 오데서 있는 척이고 있는 척이.

행사머리 고치가 뭐 하겠능교? 고친 행사머리 써 먹을
시간도 없담스로.

그래도 굴치 말이야!

아부지 일곱 살 아아 같다.

그라모 니는 몇 살고?

꺾어진 백 살을 진작에 넘었지요.

그러면 니가 내 생이** 해라.

<u>흐흐</u>. 그래 볼까예?

그런데 니는 교장 그거 안 되나?

갑자기 와 큰소릴 합니꺼?

저눔이다.

아! 예……

니가 교감 된 지가 운제고? 그걸 너무 오래하네! 인자 교
장 돼서 오이라! 흥 교감, 인자 너금매**한테 가 봐라.

아! 예……

~~~~~~~~~

에댕기모* : 손에 잡히면
생이** : 형
너금매*** : 네 엄마

동테에 엎힌 듯

이날 병원 밖 꽃산이 아버지와 함께 본 마지막 꽃산이 되고 말았습니다.

아부지, 고추 모종이 아직 안 늦지예?

하모. 아까시 피고 난 뒤 심어야 된다. 배꽃 필 때 한 번은
더 추위가 있다. 그라모 이파리가 오그라지서 잘 안 큰다.

예.

논에 둑새꽃이 피었더나?

예.

너금매 보고 가라. 할마이 혼자서 뭘 우짜는고 모르겠다.

예.

인자부터 보리가 고물이 찬다. 뻐꾹새가 울고 찔레꽃이
하얗게 피모, 소 풀 잽히고, 생갈이 하고.

살아 보니 그런 대로 괜찮다

그기 하고 싶습니꺼?

뭔 말고? 앉아서 쓸데없는 다리를 멀겋게 내려다본께 별
생각이 다 드네.
마늘쫑이 날라 말라 할 끼다. 또 배꽃 지고 땡깔*만 한 것
들이 달렸을 끼다.

예. 뭐든 차례로 오고 가겠지요.

하모. 세상 모든 기 동테에 얹힌 것모냥 오가는 기지. 내
가 갈 길도 뻔히 보인다.

인자 갈랍니더.

은냐. 가거라. 꽃산에 눈 뺏기지 말고, 찻길만 보고 가거
라이.

~~~~~~~~~~

땡깔* : 까마중의 열매

살아 보니 그런 대로 괜찮다

꼭꼭 씹으면 뭐든지 달다

이거, 이번에 나온 책입니더.

욕 봤다. 참말로 니가 다 빼낐나?*

그라모 아아가 빼낐지, 누가 대신 해 주능가요?

그래도 여럿이 도와줍디더.

세상에 사람이 혼자 하는 게 있는가? 보자, 제목이 뭐고?

가만히 봐도 보일까 말까 할 낀데 영감은 또 밀었다 땡깄다 한다.

꼭꼭 씹으모 뭐든 다르다! 이봐라 할마이! 이기 무신 뜻인지 아나?

뭐를 꼭꼭 씹어?

뭐든지를 꼭닥시리** 살피보모 다 다른 기 보인다는 말이라.

아버지, 그, 제목이 '다르다'가 아이고 '달다'인데. 달달한 거.

그래, 꼭꼭 씹으모 뭐든지 달다.

영감은 이래도 응, 저래도 응이가? 잘 안 보여서 못 읽었시모 못 읽었다 카지.

그기 그거 아이가. 다 다르다고 하는 기나, 꼭꼭 씹으면 다 달다 하는 기나, 뭐든 잘 삭히면 좋다는 거 아이가.

하이구! 죽을 때가 돼 가니 둘둘 뭉치는 거는 잘한다. 그래서 죽으면 둘둘 말아서 묻는 기라.

~~~~~~~~~

빼깠나?* : 썼나?
꼭닥시리** : 관심을 가지고 자세히

식자우환

야야, 아파트 이름이 와 저렇노?

저 글자가 보이는교?

누런색인데 이름이 와 푸르○○고?

아! 그건 엄마처럼 나이 많은 사람이 집 나갔다가 찾아오지 못하게 부러 저리 짓는다요.

참말로 희한하다. 까치모냥 공중에 매달리가 삼서 이름도 저리 정 없이 짓나?

아파트는 정 붙이는 데가 아니고 돈 붙이는 데요.

영감은 저런 데서 살라면 살겄는교?

와 못 살아! 닭장인께 달구새끼처럼 살모 되지.

깝깝해서 우찌 사요?

깝깝하모 사이다 묵지.

나가면 어느 구녕인지 찾아오겠는교?

안 나가면 되지.

아파트 이름이나 잘 외워 두소.

내가 와?

알아야 찾아오제요.

걱정도 팔자다. 그기 바로 식자우환이라!

흐흐. 오늘은 아부지가 이겼다.

예쁜 짓

할배, 나 예쁘지?

말이라꼬.

할배도 예쁘다, 해 보자.

아가 와 이라노? 내가 이쁘다를 우찌 해?

입술을 요래 모으고! 손으로 턱을 감싸!

요래?

손을 더 펴고!

다 폈다. 손가락 두 개가 먼저 가서 굴타.

그래도 요래 쫙 펴 봐요.

우째, 요래?

입술도 좀 올리고.

우째, 요래?

히히, 됐다. 우리 할배 예쁘다. 할배, 할배가 아플 때는 여기 병원에 있는 사람들이 다 아프다 생각하고, 안 아플 때는 할배 혼자만 안 아프다고 생각해라.

하이구 요놈의 가시나, 니가 언제 이리 컸노? 주딩이가 변호사다.

날마다 크지요.

그래. 어디서 세월발통이 덜컹덜컹 굴러가는 소리가 들린다. 인자, 어서 가거라.

2부

잘난 놈도 없고
못난 놈도 없더라

자지를 잘라 버려

장에 가모 제비모냥 조잘대는 거는 전부 외국 아아들이
라. 아를 업고 댕기는 사람도 전부 외국 아아들이고.

그렇습디다.

저 밑에 늪 가에 니보다 몇 살 더 먹은 그 사람도 본처하
고 갈라서고 베트남서 딸 겉은 처자를 델꼬 와서 아아 하나
낳고 안 살았나.

아! 그 형 알아요.

할매가 그 아아를 키았는데, 그카다가 아가 국민학교 댕
기는데, 큰 버스가 아아 하나를 보고 골짝꺼정 와서 태워 갔
다더라. 큰 버스에 해삼만 한 아아 하나를 싣고 다닌다 해쌓
더니. 그카다가 가실인가? 아아는 학교 가고 할매가 장에 갔
다 온께 고마 여자가 어디 가삐고 없더란다. 신랑이 술만 처
묵으모 뚤 패서 그렇다 카데.

뚤 패요? 그라모 되는가. 아아는 누가 키우는고?

할매가 키우지 누가 키우겠노?

아이구야. 그렇구나.

그래도 글치. 멀리서 시집 와서 아아를 낳았으면 아아를 보고 우짜든지 델꼬 살아야지! 달아날 꺼로 아아는 와 낳고 그랬는가 몰라.

그기 여자 잘못이오?

하기사 요새 누가 맞고 살겠나만. 그나저나 아아가 불쌍해서 우짜꼬. 지 새끼 키우는 여자를 패는 넘은 자지를 짤라삐리야 돼.

예?

와 그리 놀라노? 와? 좀 찔리나?

세상에

시상에! 짐승을 키아도 저라는 기 아이라. 마른 물꼬 밑에 올챙이처럼 몰아넣어서 총총 심은 듯이 키우는데, 우째 병이 안 나겄노?

그런 걸 뭐 하러 보요?

안 볼라 해도 절로 눈이 가는 걸 우짜노? 아무리 솔아도* 사람은 기지개 켤 만큼, 닭은 헤비고 보금자리 칠 만큼, 소는 뿔박기 할 만큼은 있어야 살 수 있는 긴데 아무리 짐승이라 캐도 옴다시도** 못하게 저리 총총 키우는데 우째 병이 안 나겠노?

그러게요.

요새 사람들은 마음이 비좁아서 짐승도 저리 비좁게 키우는 기라.

마음이 비좁아요?

저러는 사람 맘이 정상이가?

허 참.

그라다가 병이 났다고 산 놈을 포대에 넣어서 묻어. 평생
한 번도 날아 보지 못한 닭들이 퍼덕거려서 포대가 불룩불
룩 하는데도 그대로 묻어 삐리. 소나 돼지는 안 끌리 갈라꼬
뻗대고 똥오줌을 지리는데, 아이구 무시라. 짐승이라도 한
새미서 나는 물을 먹으면 정이 드는 긴데.

그만 하소.

시상에 키아던 소나 돼지를, 차라리 죽여서나 묻든지, 그
주먹만 한 눈이 꿈뻑꿈뻑 하는 걸 빤히 봄서 땅에 묻고도 잠
이 오까? 아이구 무시라!

~~~~~~~~~~

솔아도* : 좁아도
옴다시** : 옴나위, 꼼짝할 만큼의 작은 움직임

살아 보니 그런 대로 괜찮다

이종격투기

뭐하고 계시오?

텔레비 본다.

재미있는 거 하요?

싸우는 거 본다.

싸우는 걸 뭐하러 보요?

볼라고 보나. 나오니까 보지.

참 나.

니도 봐봐라, 숭악하다이. 캄캄한 데서 한 넘이 가운데 서고 뒤에 여럿이 서서 선무당처럼 껍죽거리며 나와. 그라모 장갑 낀 넘이 기다리고 있다가 껍죽거리는 넘 낯빤데기*다가 구라분 같은 뭔가를 슥슥 발라. 그러면 웃통을 홀렁 벗는데 뱃가죽이 돌덩이 같아. 뭘 먹어서 그런지 몰라.

허 참.

글마**가 꽘***을 한 번 지르더니 울타리를 친 데로 올라가서 발로 땅바닥을 쾅쾅 굴러. 신도 안 신고. 옛날에 엠비시 권투 할 때는 밧줄로 감은 네모 칸에서 쌈을 하더니 요새는 동그란 데서 하더라꼬.

날마다 보요? 외우고 있네.

숭악한 넘들이 얼마나 많은지 볼라고 세 본다, 와?

허 참.

입에다가 껌 같은 거를 머금고는 지 뺨을 탁탁 때리더니 싸울 넘을 쬐리 보고 또 꽘을 질러. 그러면 배가 불룩한 넥꼬다이를 맨 넘이 가운데다 둘을 불러 세워, 아이구 무시라! 가까이 가니 싸우기도 전에 털 세운 장닭모냥 잡아 묵을 듯이 서로 꼬나 보더라꼬.

허 참.

그카더니, 아이구 숭해라! 사타리만 가린 처자가 1을 들고 궁딩이를 씰룩거림서 한 바꾸를 돌아. 그거 볼라꼬 쌈을 하는가 몰라. 밖에는 점잖게 차려입은 넘들이 뭐라 뭐라 고함을 지르고. 획기****를 부는 넘도 있더라꼬.

아이고야. 치고 박는데, 숭악하게 인정도 없더라. 옛날에 엠비시 권투는 손질만 하더마는 이넘들은 때리고 차고 비틀고 다 해. 피가 철철 흐르는 넘을 잡고 잔갱이*****로 대가리를 공구고. 아이구 무시라. 물어뜯을까 봐서 입에다가는 뭘 물리는 거 같애.

자세히도 봤소.

심판이란 넘도 말리지는 않고 빤히 처다만 보더라꼬. 그라다가 우째 한 넘이 자빠진 넘 폴을 잡고 딱 꺾어 뿌니까 밑엣넘이 발발 떨어. 그때사 심판이 이제 봤다는 듯이 달려와서 둘을 떼.

이젠 그런 거 보지 마시오.

그라니까 금방꺼정 못 잡아 묵어서 쥑일 듯이 싸우더만

금세 서로 손을 들어 주고 웃고 그라데. 두 넘이 모다 낯빤대
기가 이개져 가꼬****** 무시 삶아 놓은 것 같더마는. 그카니
아까 빙빙 돌던 그 가시나가 옆에 서서 사진도 찍고 그라더
라. 그래서 이긴 넘 처자가 되능가 몰라.

벌어먹고 사는 일인데 너무 그러지 마소.

넘이 밥벌어 묵고 살라꼬 하는 일을 뭐라 할 수는 없지만, 허다한 일 중에 해필 넘을 뚜디리 패서 돈을 벌어? 다들 에미, 아비가 있고, 더러는 처자식도 있을 낀데, 그리 터지고 억만 금을 벌어 주면 그 밥이 목구녕으로 넘어가나 몰라?

지가 좋아서 하는 이들도 있소.

세상도, 세상도, 참말로 숭악하게 변해 간다. 이전보다 잘 살게 됐다 해쌓더니 사람이 하는 짓은 마구간 짐승보다 더 해져. 너그는 그리 놀지 마라이. 그래야 일만 하는, 죄 없는 소를 잡아 묵어도 덜 부끄럽제.

낯빤데기* : 낯짝
글마** : 그놈
괌*** : 고함
획기**** : 휘파람
잔갱이***** : 무릎
이개져 가꼬****** : 짓이겨져서

컬링

밖에 나댕기기 힘들어 자나깨나 텔레비를 끼고 사는데, 텔레비가 다 글치만 요새는 또 희한한 걸 하더라.

아! 올림픽!

단장을 곱게 한, 다 큰 아아가 얼음 우에서 눈을 뗵부라지게 뜨고 요강 단지 겉은 걸 미는데 그기 무거버선지 우짠지 엔간히 용을 씨더라.

아, 컬링.

때까리* 달린 요강 겉은 기 미끄러져 간께네, 기다리던 아아들이 막 달려들어서 밀대걸레 겉은 거를 문떼더라꼬. 그카이 눈을 뗵부라지게 뜬 아아가 뭐라 뭐라 소리를 질러. 워! 워! 캤다가, 기다리! 기다리! 하더이 또 뭐가 급할 때는 엥미야! 엥미야! 그카데. 그랗게 또 아아가 달려들어서 땅을 파고드갈 꺼매로 쎄가 빠지게 문떼.**

흐흐. 엄마가 중계방송 해야겠다. 방송국 알아봐 드릴까?

니니까 이러지 내가 넘 앞에서 이러더나.

엄마는 진짜로 잘하겠다.

내사 아무리 봐도 언 편이 이기는 긴지도 모르겠더라만서도 그기 재미있다고 손뼉을 치고 깃발을 흔들고 글 쌓더라마는. 사람들이 말키*** 놀고 먹는 데는 도가 튼 기라.

흐흐.

그나저나 니는 마늘 밭 맸나? 요새 매 놔야 알이 여물게 찬다. 드가라!

<hr>

때까리* : 뚜껑
쎄가 빠지게 문때** : 죽을힘을 다해 문질러
말키*** : 모두

골프

야야! 작대기로 새알만 한 공을 탁 쳐서 구녕에 폭 넣는 거, 그거 있제? 아레 밤에 잠이 안 와가 텔레비를 본께 그걸 하더라꼬. 골푸라 카더라. 그걸 봤는데 그것도 제법 애가 타더라.

스포츠를 자주 보네요.

염불하는 것도 본다. 최불암이도 보고.

흐흐.

제법 차려입은 넘이 니야까* 끄는 놈 뒤로 작대기를 들고 따라 와가 요리 꼬나고 조리 꼬나고 해 쌓더니 무신 맘을 묵었는지 공을 탁 치더라꼬. 그라께네 공이 돌돌 구불라** 가더이만 해필 구녕 끄트머리서 딱 서는 기라. 그라께네 보는 사람들이 폭 드가라꼬 용을 씨는 상을 짓는데도 공이 더는 구불라 가지 않는 기라.

진짜로 방송국 알아봐야겠다. 농사짓는 할매가 중계하는 오늘의 스포츠!

시포츠 겉은 소리 하지 말고 내 말이나 더 들어 봐라. 오늘 사람하고 처음 말한다.

<u>흐흐.</u>

그라께네 작대기로 친 놈이 벌렁 디비지더라고.*** 얼척이 없는갑데! 니야까를 끈 놈도 기가 차는지 하늘을 보고 손을 요래 오그라쌓더마는 고개를 홱 돌리삐데. 콧김 겉은 바람이 불어가 딱 한 바꾸만 구불리모 퐁당 디가삐것더마는 고것이 해필 고서 딱 서가꼬 복장을 긇이더라꼬.

텔레비전을 살짝 흔들어 주지 그래요. 그러면 굴러가서 들어갈 낀데.

싱겁은 소리 그만해라. 너그도 그라고 노나?

골프 치러 다닐 시간이 없소. 고추 따야 해서.

그 너른 들에 보리만 갈아도**** 한 동네는 묵고 살겄더마

는 그 짓을 하데. 그짓 않고는 못 사는지 몰라도 그 널찍한
땅이 내사 마, 똑 아까바 죽것더라 와.

니야까* : 수레
구불라** : 굴러
디비지다*** : 뒤집어지다
보리만 갈아도**** : 보리만 심고 가꾸어도

쑥 꼬링 하는 거 있제? 너그도 에릴 때 지독시리 해쌓더마는 와.

요새 아아들도 좋아하요.

그것도 가만 보니까 볼수록 참 웃기더라꼬. 들어 봐라!

흐흐. 또 중계방송 하시네.

똑같은 옷을 차려 입은 사람들끼리 편을 묵고 잔디밭에서 공을 차는데, 호각을 든 넘이 둘을 불러 세워서 뭐라 뭐라 해. 그라더이 글마는 쌈을 말린다꼬 뛰어 댕기더라꼬. 대들면 노란 종이를 딱 들어 겁을 주데.

흐흐.

니도 희죽거리지만 말고 생각을 해 봐라. 그기 쑥 꼬링을

시킬라꼬 하는 짓이면 서로 꼬링을 많이 해라 해야지. 넣을라는 놈은 넣을라꼬 용을 씨고, 막는 놈은 막는다꼬 용을 씨고. 그기 뭐하는 짓꼬? 참 내.

흐흐.

그라고 쑥 꼬링이 그리 좋으모 쑥 꼬링 하는 데를 널찍하게 하면 될 꺼 아이가. 아니면 꼬링하는 데를 두 군데 더 만들든지. 이짝저짝 열십자로 만들면 딱 좋다 아이가.

그렇네요.

그라고, 공을 좀 더 주지. 공을 두 개나 세 개를 주면 오죽 좋아? 스물도 넘는 사람들에게 달랑 공 한 개를 줘 놓고, 그기 뭐하는 짓꼬? 공이 없는 것도 아이더라꼬. 백지 옆에서 들고 서 있는 놈도 있더마는.

흐흐.

그래도 쑥 꼬링을 하께네 난리도 아이야. 쎄를 빼고 뛰는 넘, 좋다고 딜딜 구부는 넘, 웃통을 까고 괌을 지르고, 깬사깨이*를 치는 넘, 궁디를 흔드는 넘, 무신 난리가 나가 세상

이 자빠지는 거맨치로. 이긴다꼬 누가 지한테 술이라도 한잔
받아 주나? 참 내.

　흐흐.

　그게 뭔 큰일이라고 해가 지고 깜깜하니 불을 훤히 켜 놓
고도 하더라꼬. 내사 마, 맨날 봐도 언 넘이 이기나 마나 똑
같더라마는.

~~~~~~~~~~~~~~

깬사깨이* : 꽹과리

오늘은 뭘 보시오?

야구!

진짜로 아나운서 하실랑가베?

팔다리가 아파서 농사도 못 하겠는데 입은 아직 성하니 그거라도 해 보까? 니가 좀 알아봐라.

야구 중계방송 들어 보고요.

오냐, 들어 봐라이. 보는 사람이 많아선지 전부 다 옷이나 모자까지 멀쑥하게 차려입어. 한 넘이 배꾸녕*까지나 오는 방맹이를 둘러매고 나와서 금 안에 딱 서. 그라고는 열댓 발이나 떨어진 데서 공을 던지는 멀대 겉은 넘을 꼬나봄시로 획획 휘둘러 쌓더라꼬. 탈바가지까지 씨고 나와가꼬.

자세히도 봤소.

몇 번이나 보여 주는데 그걸 못 봐? 그 사람 뒤에는 낯을
가린 거를 뒤집어씨고 바가지 겉은 장갑을 한 손에 낀 놈이
쪼그리고 앉아서 손까락을 꼼지락 꼼지락 해. 던지는 넘이
그걸 보고 고개를 까딱 하더이만 씨게 던지더라꼬.

그게 사인을 주고 받는 게요.

말로 하지 와 그라꼬?

말로 하면 들키니까 그러지요.

그래서 글쿠나.

<u>흐흐.</u>

더 들어 봐라. 우짜다가 방맹이가 헛돌면 탈바가치가 히
뜩 벗겨지삐데. 그러면 맞아 죽을까 봐서 낯짝까지 가리고
뒤에 선 넘이 손을 번쩍 듬서 뭐라 하더라꼬. 또 우째 방맹이
로 탁 때리니까 날아가는 공을 받을라꼬 여러 넘이 달라붙
는 기라. 친 넘은 뭘 잘못했는지 방맹이도 내비리삐고 도망

을 가고. 우떤 넘들은 받응께 좋다 카고, 우떤 놈들은 못 받
응께 좋다 카고.

흐흐. 합격!

또 우짜다가 씨게 치가 공이 담장을 휙 넘어갈 때도 있더
라꼬. 친 넘은 좋다고 풀쩍풀쩍 뛰고, 던진 넘은 대가리를 처
박고 땅바닥을 쿡쿡 차고 그라데. 똑 맞을 짓을 한 거맨치로.
가만 보니 던지는 넘은 치는 넘이 치기 좋거로 던지는 기 아
인가 봐.

흐흐

야야, 가만히 생각해 봐라. 울타리를 넘어가는 기 그리 좋
으모 울타리를 좀 땡기모 될 꺼 아이가. 또 받는 기 그리 좋
으면 공을 살짝 솟구치게 치면 될 꺼 아이가. 밥 묵꼬 그것만
하는 것들이 그것도 못 해.

서로 이길라꼬 하는데 그러면 뭐 재미가 있겠소?

우짜든지 사람이라 카는 것들은 모이기만 하면 싸울라꼬
용을 써.

흐흐.

　　우쨌거나 맥준가 뭔가를 씨언하게 꿀떡꿀떡 마시감서 노
는 넘들은 구경이 났더마는. 전깃불을 온 데다가 환하게 키
놓고 난리도 아이더라. 전기가 모지란다꼬 텔레비만 키모 씨
부리 쌓는 것들은 암만 케도 다 꽁갈인가 봐. 그랑께네 날마
다 그라제.

～～～～～～

배꾸늉* : 배꼽

쓸데없는 게 어딨어

니는 넘의 아아들한테 쓸데없는 넘, 이런 소리 함부로 하지 마라이.

그 말 않고 살기 어렵소.

세상에 쓸데없는 말은 있어도 쓸데없는 사람은 없는 기다. 하매,* 나뭇가지를 봐라. 곧은 건 괭이자루, 휘어진 건 톱자루, 갈라진 건 멍에, 벌어진 건 지게, 약한 건 빗자루, 곧은 건 울타리로 쓴다. 나무도 큰 넘이 있고 작은 넘이 있는 것이나, 여문 넘이나 무른 기 다 이유가 있는 기다.

그래도 쓸데없는 사람은 있소.

아이다. 니 눈에 그리 보여도 안 그렇다. 사람도 한가지다. 생각해 봐라. 다 글로 잘나면 농사는 누가 짓고, 변소는 누가 푸노? 밥 하는 놈 있고 묵는 놈 있듯이, 말 잘 하는 놈 있고 힘 잘 쓰는 놈 있고, 헛간 짓는 사람 있고 큰 집 짓는 사람 다

살아 보니 그런 대로 괜찮다

따로 있고, 돼지 잡는 사람, 장사 지낼 때 앞소리 하는 사람
다 있어야 하는 기다. 하나라도 없어 봐라. 그 동네가 잘 되
겠나.

요새 세상은 그런 사람 없어도 잘만 돌아가요.

내사 잘 모르지만 사람 사는 기 별 다르지 않다. 지 눈에
안 찬다고 괄시하는 기 아이라. 내사 살아 보니 짜다라 잘난
넘 없고, 못 볼 듯 못난 넘도 없더라.

하매* : 하물며

옛날이야기

요새 아아들은 이약 해 달라 안 하나? 아아들은 이약을 먹고도 크는 긴데.

아아들이 이야기를 먹고 커요?

글체, 개 돼지는 밥만 먹고 살아도, 사람은 넘의 이야기를 들어야 사는 기다. 내가 옛날이야기 한 자락 해 줄까? 잘 들었다가 아아들한테 해 줘라. 아아들이 알아들을랑가 몰겠다만서도.

니는 호랭이나 야시*나 곰을 어떻게 잡는 줄 아나? 내가 갈차 주께.

흐흐. 갈차 주소.

있잖아, 호랭이는 밥 먹고 나면 푹 자거든. 그때를 노려야 돼. 푹 잠든 호랭이에게 살살 다가가서 잘 드는 면도칼로 콧등에 열십자를 긋는 거야. 그런 다음 뒤로 가서 꼬리를 밟고

웩! 하고 크게 소리를 쳐. 그러면 놀란 호랭이가 가죽을 두고 알몸만 홀렁 빠져 나가겠제? 그러면 가죽을 들고 집에 오면 돼.

　흐흐.

　곰도 쉽게 잡을 수 있어. 곰은 꿀을 좋아하거든. 꿀을 바른 큰 돌을 곰이 다니는 길가의 나무에 매달아 놔. 그러면 곰이 꿀 냄새를 맡고 오겠제? 그런데 곰 발에 돌이 잡히나. 꿀을 발랐으니 미끌미끌 대롱대롱 잡히지 않겠제? 안 잡히니 곰은 자꾸 썽이 나겠제? 썽난 곰이 돌을 탁 때려! 그러면 매달린 돌이 다시 돌아와 곰을 때리겠제? 돌을 맞고 더 썽난 곰이 더 세게 돌을 팍 때려. 그러면 돌도 더 세게 곰을 치겠제? 진짜로 썽난 곰이 진짜로 세게 돌을 팍 때리!. 그러면 그 돌이 나뭇가지를 휙 돌아 곰 뒤통수를 팍 때리는 거야. 그때 끌고 오면 돼. 곰은 씰개**가 중하니까 다 갖고 와야 해.

　흐흐.

　야시는 꾀가 많으니까 잡기가 좀 어려워. 꾀가 있어야 돼. 먼저, 철사로 묶은 돌을 고기 색깔로 발갛게 달궈. 그다음 그 돌을 야시굴 앞에서 살살 흔드는 거야. 그러면 야시가 고긴

줄 알고 콱 물겠제? 뜨겁겠제? 놀라서 꿀떡 삼키겠제? 그러면 돌이 똥구멍으로 쑥 빠져나가. 그때 줄을 끌고 오면 야시가 철사에 꿰어져 있겠제? 우때? 쉽제?

야시* : 여우
씰개** : 쓸개

최불암

수사반장 할 때 끗발 날리던 최불암이도 나이가 드니 별 수가 없더라.

최불암이요?

요새는 전국을 돌아다니며 밥상을 얻어 묵더라꼬. 흐르는 세월 앞에 수사반장이라꼬 별 수가 있었나?

아아, 그 프로 나도 자주 봐요.

그래도 할마이들이 다 알아보더라. 근데 전원일기 할 때 그 할마이 하고는 헤어졌는가 몰라? 같이 안 나오더라.

고라니

왜 화가 나셨소?

썽이 나지 안 나나? 고라이가 우찌 알고 마당에 심은 콩까지 뜯어 묵으로 오꼬? 마당에 불을 씨도* 안 되고, 새벽에 쇠냄비를 뚜드리도 안 돼.

집 마당까지 내려오는가베?

경운기 옆에까지 온다. 고것들이 개가 묶인 줄 아는가 봐. 뜯어도 우찌 그리 보드라운 새 이파리만 골라서 뜯어 묵을꼬? 대가리가 뜯기고 남은 곡식 이파리를 보고 있으면 맘이 짠하다니까.

할 수 없는 거는 할 수 없지 뭐. 우짜는교?

산에도 새 풀이 꽉 찼을 낀데, 꼭 곡식 이파리만 뜯어 묵으니까 썽이 나제. 잡히기만 하면 쌔리패** 삐고 싶어.

하이고, 엔간히 잡히겠다.

밭마다 전깃줄을 치 놓은께 그것들이 전깃줄도 못 치는 영감 할마이들 밭만 골라서 오는 갑더라. 늙은께 짐승도 깔 보는 기라.

~~~~~~~~

불을 씨도* : 불을 밝혀도
쌔리패다** : 두들겨 패다

팔월은 말라야 좋고 정월은 질어도 좋은데 올해는 말대로 됐다. 칠팔월 볕이 좋아서 포도가 빨리 익었다. 몇 송이 따 가서 아아들 줘라. 사는 거보다는 달 끼다.

따서 잡수시오.

동네 사람이 다 먹어도 한 송이면 배가 부르다. 배도 단맛 이 들었더라. 제법 실하게 달렸다. 놔두면 동네 사람들이 오 매가매 입가심으로 다 없앤다. 몇 개 갖고 가라. 기침할 때 좋다.

올 추석은 풍성하겠네요.

그러게. 아직까지는 글타.

감은 아직 멀었지요?

하모. 감은 볕이 뜨거워 대가리가 익어서 뽈뽕은* 거 같지만, 그래도 저거는 더 있어야 된다. 밤낮으로 가을바람이 가실가실 불면 날마다 단맛이 든다 아이가.

흐흐.

근데 까만 달구새끼 저거는 참말로 말을 안 들어. 착착 쪼면 다 묵을 낀데 뭘 줘도 가서 헤비고 설치다가 반은 밟아서 버린다니까.

닭이 본래 글치 뭐.

그래도 아까워서 한마디 했다.

닭한테 뭐라고 했소?

오냐! 니가 팔월 보름 지나도 살아서 꼬키오 하는가 보자 캤다 와?

~~~~~~~~~

뽈뽕은* : 익어서 색이 변한

닭장

달걀을 왜 이리 많이 주시오? 아끼지 말고 자시라니까.

맨날 먹는가? 남아서 주는 기다. 그라고 이번 거는 좀 다른 기다.

달걀이 뭐가 달라요?

들어 봐라. 압시끼 비 온 뒷날 아침에 마당에 나오니까 쪼 맨한 독새* 한 마리가 포도나무 밑에 똬배기**를 틀고 있는 기라. 놀래서 작대기로 탁 때리 잡았지. 닭장에 쳤더니 장닭 이 꼭꼭 쪼아 보더이 물러서. 그러니까 지난달에 삘가리*** 깐 암탉이 쪼르르 와서 콱콱 쪼아. 모가지를 쭉쭉 빼 삼서 눈 을 까묵까묵 하더니 뜯어서 삼키더라꼬. 아이구 무시라. 그기 낳은 알도 있다.

흐흐.

인자 삘가리도 지가 헤비서 쪼아. 어제는 마당에 젓가락만 한 지네가 한 마리 기어 나와. 빗자루로 탁 때리가 또 닭장에 쳤지. 그걸 삘가리가 묵었어. 에미 없어도 입치레는 하니까 이참에 고마 독새 묵은 암탉을 잡아 가삐라.

동생 오면 잡아 가라 하소.

근데 누가 배미를 묵은 닭은 등더리****가 벗겨진다 카든데 그건 아닌 기라. 등더리가 벗기지는 거는 장닭이 올라타서 그래. 하루에도 댓 번씩은 올라탄다니까. 고마 그걸 잡아 가삐라.

독새* : 독사
똬배기** : 또아리
삘가리*** : 병아리
등더리**** : 등

모기

모기가 있네.

니 왔다고 인사하러 왔는 갑다.

야들도 참 질기다. 보는 사람마다 미워하는데도 끈질기
게 찾아오네.

그래도 이전에 비하면 없는 기다. 이전에는 모구가 하도
많아서 방마다 큰 사발에 모깃불을 피웠어. 그러면 모구가
연기를 먹고 흐리멍덩하더라. 그래도 연기가 더 독해야 된담
서 매운 고추를 따다가 넣어. 그라모 연기가 독해서 사람도
창시를 꺼내는 기침을 쏟아냈다. 그러고 자도 모구가 너그들
을 들고 갈라 안 카나.

모기한테 많이 물렸지요.

자고 나면 벼르빡에 배때지가 뽈록뽈록한* 모구들이 달려

있디라. 탁 때리면 벌건 피가 벽에 묻는데, 저것이 내 자슥 것이다 싶어 울매나 분하던지. 모구도 입이 있으니 먹어야 하겠지만 그기 내 자슥이라면 맘이 달라진다. 이전에 개골창에 와글거리는 모구새끼를 물고기가 쭉쭉 빨아먹는 걸 보고 모구도 세상에 있어야 되는 기라는 건 알았지만 말이다. 세상이 그물모냥 총총 엉켜 있어서 필요 없는 거는 없겠제? 그래도 모구한테 물리고 싶지는 않다. 어떤 모구한테 물리면 지독시리 간지럽다.

<u>ㅎㅎ.</u>

요것들이 요래 왱왱거려도 이제 얼마 안 남았다. 처서 지나면 모구 입이 삐뚤어져서 찌르지도 못하니까. 쪼매마 있으모 산바람이 대밭을 둘러오면 추울 끼다. 배는 덮고 자거라이.

~~~~~~~~~

벼르빡에 배때지가 뽈록뽈록한* : 벽에 배가 볼록볼록한

또 속았다

왜 또 화가 났소?

내가 암만 캐도 또 쏙은 거 같다. 그넘아가 생긴 기 말꿈
하더라꼬. 인사도 참하고.

누군데요?

그렇께 압시끼, 날이 따시서 삽짝에 나와 아무 데나를 보
고 있는데, 젊은 넘 한 개가 까딱까딱 함서 동네에 들어오는
기라. 뉜고 싶어 매매 봐도 모르는 낯이라. 그래서 누구요?
카니, 공부하는 학생이라 캐. 추분데 공부는 안 하고 촌에는
와 댕기요? 하니 갸가 하는 말이, 할매! 공부할라모 돈이 필
요합니더 이케. 얄궂어라. 하필 고 말에 너그들 생각이 나는
기라.

그래서요?

그래! 공부할라모 돈이 있어야제, 캤지.

　흐흐.

　그랑께 이 젊은 아아가 뒤에 진 가방을 앞으로 안더니만 봉다리를 한 개 꺼내더니 쑤세미를 꺼내. 빨간 거, 얼금얼금한 거, 질쭘한 거. 그라더니, 할매! 공부할 돈을 모알라꼬 그카니 이거 한 개만 팔아 주이쇼 이케. 아이고! 늙으모 죽어야 하는 기라. 아아 얼굴을 본께, 고마, 나도 몰래 손이 줌치로 가더라니까.

　샀으면 됐지 뭘 속아요. 두고 쓰면 되겠네요.

　근데 글마가 가고 난 뒤 쑤세미에 손을 넣으니까 발로 바느질을 했는지 손가락이 쑥 나와. 백지 이만 원만 줬어. 또 쏙았나 싶어! 그래서 하루 열두 번도 넘게, 쏙인 넘이 나쁘지, 쏙은 년이 나쁘나 카고 있다.

　흐흐.

　남사시럽다. 니만 알고 모른 체 해라이.

니만 듣고 말지

니만 듣고 말지, 말 같지도 않은 것을 어디다 알린다 말이고? 참 별일을 다 한다. 남사스럽게.*

우리 걸은 뒷글도 배우지 못한 늙은이 말이 어디 쓸데가 있다고? 평생 흙이나 파고 나무 밑에나 긁다가 세월을 다 보냈는데.

요새는 여자나 남자나 다 학교서 배우고 또 전화기만 키면 세상물정을 환하게 다 알 수 있다 카는데, 다 늙은 우리 이야기를 어디다 쓰겠노?

하기사 다 지나고 보니까 배우나 못 배우나 별다른 게 없더라. 사람이 살고 지난 자리는, 사람마다 손 쓰고 마음 내기 나름이지 많이 배운 것과는 상관이 없는 갑더라. 거둬감서 산 사람은 지난 자리도 따시고, 모질게 거둬들기만 한 사람 자리는 그 사람이 죽고 없어도 까시가 돋니라.

우짜든지 서로 싸우지 말고 도와 감서 살아라 캐라. 다른 사람 눈에 눈물 빼고 득 본다 싶어도 끝을 맞춰 보면 별거 없니라. 누구나 눈은 앞에 달렸고, 팔다리는 두 개라도 입은 한 개니까 사람이 욕심내 봐야 거기서 거기더라. 갈 때는 두 손 두 발 다 비었고.

말 못 하는 남긔나 짐승에게 베푸는 것도 우선 보기에는 얼숙다** 해도 길게 보면 득이라. 모든 기 지꿈지꿈*** 베풀면 베푼 대로 받고, 해치면 해친 대로 받고 산지라. 하매 사람한테야 말해서 뭐하겠노?

내가 살면서 배운 거는 이것뿐이다.
어디 가서 말하지 마라. 숭본다.

2019년 8월
김상순

~~~~~~

남사스럽게* : 남우세스럽게
얼숙다** : 어리석다
지꿈지꿈*** : 제각각

살아 보니 그런 대로 괜찮다

첫 번째 찍은 날 | 2019년 9월 5일

지은이 | 구술 김상순 · 홍정욱 옮겨 씀
그린이 | 이우만
펴낸이 | 이명회
펴낸곳 | 도서출판 이후
편집 | 김은주
표지 및 본문 디자인 | A. Lance
글 ⓒ 홍정욱, 2019
그림 ⓒ 이우만, 2019

등록 | 1998. 2. 18.(제13-828호)
주소 | 10449 경기 고양시 일산동구 호수로 358-25(동문타워 2차) 1004호
전화 | 대표 031-908-5588 팩스 02-6020-9500
블로그 | http://blog.naver.com/ewhobook
ISBN | 978-89-6157-098-5 03810

이 도서의 국립중앙도서관 출판시도서목록(CIP)은 e-CIP 홈페이지(http://www.ni.go.kr/cip.php)에서 이용하실 수 있습니다. (CIP 제어번호: CIP 2019032457)